예수님! 기도드려요

글 박응순 / 그림 세븐크로스

사무엘출판사

머|리|말

　신앙생활 속에서 가장 중심이 되는 것은 말씀과 기도일 것입니다. 특히 기도는 개인적인 고백을 위한 '사적인 기도'부터 시작해 다른 사람들을 위한 '중보기도', 여러 모임에서 대표로 하는 '공적인 기도' 등 일상생활 속에서 하는 '규례적인 기도' 및 '특별기도'가 있습니다.

　이렇게 다양한 기도들이 있지만 이 기도생활을 뒷받침하는 것은 말씀이 뿌리 내려져 있어야 한다는 것이고, 하나님을 향한 간절한 대화의 심정도 가지고 임해야 한다는 것입니다.

　또한 기도는 자기의 간절한 소망의 기도 뿐 아니라 남을 위한 기도로 가족, 친척, 교역자 및 교회, 국가와 민족을 주 내용으로 하기도 합니다.

　기도가 하나님과의 대화지만 사적인 형태를 가진 기도와 공적인 자리에서 형식을 갖춘 기도로 명확히 분류하고 있습니다. 그것은 여러 가지 상황에 맞는 기도를 통해 간구와 축복의 형태가 달라지고 있다는 것을 알아야 합니다.

　「어린이 기도문」은 이러한 것을 명확히 구분해 공적인 예배 가운데 상황에 맞는 기도를 할 수 있도록 잘 보여주고 있습니다. 매끄럽고 질서 있게 쓰여진 기도문을 통해 올바른 기도법을 배우고, 성숙한 기도 생활을 해 나갈 수 있도록 이 책은 영적인 기도 생활의 표본이 될 것입니다.

2007년 성탄절을 맞이하여
박응순 목사

추|천|서

　현대 교회의 특징 중 하나는 기도가 메말라 있다는 것과 대부분의 사람들이 기도에 대한 잘못된 인식을 가지고 있다는 것입니다. 이러한 예는 공적인 예배 가운데서 많이 발견됩니다. 대부분의 사람들은 공적인 예배 속에서 하는 대표 기도와 사적인 기도의 형태를 잘못 이해하고 있습니다.

　기도는 하나님과의 대화의 장이기도 하며 영적인 호흡이기도 합니다. 하지만 주어진 상황 속에서도 그 분위기에 맞는 기도를 해야 하는 경우가 있습니다. 이처럼 명확한 주제를 가지고 기도를 해야 하는 것이 필요하며, 절기 및 특별한 날에 어울리는 기도가 있음을 알아야 합니다. 어린이들을 위해 특별히 제작된 「어린이 기도문」은 특별한 상황과 기독교만이 가지고 있는 절기에 따라 잘 만들어진 기도문입니다. 적절한 어휘 선택과 표현들로 듣는 이로 하여금 감동을 자아낼 수 있는 문장들로 구성돼 있다는 것이 특징이며, 난해하지 않은 가운데 어린이들이 쉽게 이해하고 공감할 수 있다는 것도 장점입니다.

　대표 기도문은 공적인 예배의 자리에서 행해지는 만큼 그 상황에 맞는 적절한 어휘와 내용을 담는 것이 무엇보다 중요합니다.

　정확한 기도문을 갖추지 못할 경우 어수선한 분위기와 중언부언하는 기도가 되어 듣는 이로 하여금 폐를 끼칠 우려가 있습니다.

　이 기도문은 기도를 어렵게 생각하고 부담스러워 하는 어린이들에게 매우 필요한 만큼 교육적이며 단계적 접근을 하고 있어서 이해하기 쉽습니다. 때와 장소, 상황에 맞게 쓰여진 이 기도문을 통해 하나님의 응답의 역사를 간절히 소망하며 간구해 나간다면 성숙한 기도의 일꾼으로 거듭날 수 있을 것입니다.

명성교회 김삼환 목사

차 례

신앙생활

교회생활

신앙생활

자꾸 거짓말하게 돼요

사랑의 예수님!
오늘도 하루를 뒤돌아보니 하나님과 사람들 앞에서
잘못을 한 게 많았어요.
저는요, 오늘 또 거짓말을 하게 됐어요.
거짓말을 하지 않으려고 몇 번이고 다짐했었는데도
잘 되지 않았어요.
용서해 주세요.
그리고 이제부터는 내 마음과 생각과 입술을 하나님께서
지켜주셔서 거짓말하지 않고 언제나 정직할 수 있도록
꼭 도와주세요.
예수님의 이름으로 기도드립니다.
아멘.

나쁜 일을 안 하게 도와주세요

사랑의 예수님!
예수님은 내 마음속의 주인이시죠?
지금 이 시간에 제 마음속에서
저를 인도해 주시고 다스려 주세요.
제 마음속에서 자꾸 저를 속이고
나쁜 마음과 나쁜 일을 하게 하려는
마음을 고쳐 주세요.
저도 제 마음을 어떻게 할 수 없을 때가 생겨
자꾸 나쁜 일을 하게 될 때가 많아져요.
그렇게 안 되도록 예수님께서 저를 도와주세요.
제 마음이 이제는 속지 않도록 내 마음의 주인이신
예수님께서 단단하게 지켜주셔서 저를 죄 가운데
빠지지 않도록 지켜주세요.
예수님의 이름으로 기도드립니다.
아멘.

소년 소녀 가장들을 도와주세요

사랑의 예수님!
저를 사랑해 주시고 이렇게 행복하게
살아갈 수 있도록 해 주셔서 감사해요.
저는 오늘 엄마, 아빠가 안 계셔서
어렵게 살아가는 친구들을 보았어요.
그 친구들이 비록 엄마, 아빠는 안 계시지만
마음속에는 예수님이 함께하시는 친구가
되었으면 좋겠어요.
그래서 엄마, 아빠가 안 계셔도 예수님이 언제나
함께 계셔서 씩씩하게 살아갈 수 있도록 예수님이 도와주세요.
저도 그런 친구들을 놀리지 않고 도와줄 수 있는
착한 마음을 가지도록 노력하겠습니다.
예수님의 이름으로 기도드립니다.
아멘.

큰 꿈과 비젼을 가지게 해 주세요

사랑의 예수님!
저에게는 꿈이 있어요.
훌륭한 사람이 되어서 어려운 사람들을
전도하고 많이 도와주고 싶어요.
제 꿈이 그냥 꿈으로 끝나지 않도록 도와주세요.
그 꿈을 제 마음속에 잘 담아 놓고
그것을 지키기 위해 날마다
최선을 다할 수 있도록 도와주세요.
요셉이 큰 꿈을 가슴에 품고
많은 어려운 일 가운데서도 넘어지지 않고
끝까지 지켰던 것처럼
저도 하나님이 주신 꿈과 비젼을 끝까지 놓치지 않고
이루어 가도록 꼭 지켜주세요.
예수님의 이름으로 기도합니다.
아멘.

믿음이 잘 자라게 해 주세요

사랑의 예수님!
오늘도 믿음이 잘 자라게 해 주세요.
저의 키와 몸이 자라 가는 것처럼
제 속에 믿음도 쑥쑥 자라서 30배, 60배, 100배의
열매를 맺을 수 있도록 해 주세요.
그래서 아브라함처럼 하나님을 기쁘시게 해 드릴 수 있는 믿음이
내 속에 있도록 하나님께서 도와주세요.
예수님의 이름으로 기도드립니다.
아멘.

성경

용서하는 사람이 되게 해 주세요

사랑의 예수님!
하나님은 사람을 사랑하시고
용서하시는 분인 것을 제가 알아요.
저도 그런 하나님을 닮았으면 좋겠어요.
제게 잘못하는 친구들과 우리 가족들을
잘 용서하고 사랑할 수 있었으면 좋겠어요.
그런데 잘 안 될 때가 더 많아서 속상해요.
그래도 하나님은 그런 저를 사랑해 주시니까
저도 이제부터는 다른 사람에게 용서도
잘하고 사랑도 많이 할 수 있도록
하나님이 도와주세요.
예수님의 이름으로 기도드립니다.
아멘.

지혜있는 사람이 되게 해 주세요

사랑의 예수님!
제게 지혜가 필요한 것을 느꼈어요.
생활 속에서, 학교 공부에서, 친구들과 함께 있는 시간속에서도
지혜가 필요할 때가 많아요.
예수님!
책에서 읽지 못하고 학교에서 배우지 못하는 지혜가
제 속에 있도록 예수님께서 도와주세요.
솔로몬처럼 지혜가 많았으면 좋겠어요.
그래서 어려운 사람들을 도와줄 수 있었으면
정말 좋겠어요.
예수님의 이름으로 기도드립니다.
아멘.

순종하는 사람이 되게 해 주세요

사랑의 예수님!
저는 부모님 말씀을 잘 들으려고 해도
잘 안 될 때가 더 많아요.
부모님 말씀도 안 듣는데 하나님 말씀 잘 들을 수 있을까
생각해보면 자신이 없어요.
그렇지만 성령님께서 제 속에서
저를 도와주시면 잘 될 수 있을 것을 믿어요.
하나님 지금 저에게 하나님과 어른들에게
순종할 수 있는 사람이 될 수 있도록
지혜와 힘을 주세요.
특히 하나님께 순종하는 어린이가
될 수 있게 도와주세요.
예수님의 이름으로 기도드립니다.
아멘.

감사와 찬양을 드려요

사랑의 예수님!
이 세상 모든 것을 우리를 위해 만드시고
우리가 그것을 다 누릴 수 있도록 축복해 주신
하나님께 감사해요.
제가 어리고 잘하지 못해도
저를 제일 사랑해 주시고 하나님의 자녀가
되게 해 주신 것은 너무 너무 감사해요.
이제부터는 하나님께 감사하는 말만 하고
하나님만 찬양할 수 있도록 도와주세요.
하나님을 기쁘시게 하고 영광 돌리는 사람이
될 수 있도록 도와주세요.
예수님의 이름으로 기도드립니다.
아멘.

예수님의 이름으로 기도할래요

사랑의 예수님!
이 땅에 예수님을 구세주로 보내 주시고
저를 구원해 주신 것 정말 감사해요.
예수님께서 지금 성령님으로 내 속에
주인으로 오셔서 언제나
저와 함께 하시는 것을 믿어요.
이제부터는 저와 항상 함께 해 주시는
예수님의 이름으로 언제나 기도할 수 있도록
저를 도와주세요.
예수님을 찬양하고 하나님이 기뻐하시는
어린이가 될 수 있도록
날마다 도와주세요.
예수님의 이름으로 기도드립니다.
아멘.

악에서 구해 주세요

사랑의 예수님!
제 주위에는 저를 죄로
끌어들이는 것이 너무 많아요.
저는 하나님과 우리 부모님, 친구들에게
죄를 짓지 않았으면 좋겠어요.
제가 자꾸 유혹에 빠져 흔들릴 때 마다
제 속에 계신 성령님께서 알게 해 주세요.
어떤 것이 잘못된 것이고 좋은 길인지
가르쳐 주세요.
언제나 기도할 수 있도록 도와주시고
저를 항상 악에서 구해 주세요.
예수님의 이름으로 기도드립니다.
아멘.

세계의 모든 어린이를 사랑해 주세요

사랑의 예수님!
이 세상을 만드시고 또 세상 여러 나라 속에
서로 다르게 생긴 많은 사람을 만드신 하나님이
저는 너무 좋아요.
그래서 하나님께서 만드신
이 세상 모든 나라의 많은 어린 친구들도
사랑하고 싶어요.
그리고 그 친구들도 모두 저와 같이
하나님을 믿고 예배드리는 친구들이 되었으면 좋겠어요.
이제부터는 이 지구에 사는
하나님을 모르는 많은 친구들이
하나님을 믿을 수 있도록 기도할께요.
예수님,
제 기도를 꼭 들어 주세요.
예수님의 이름으로 기도합니다.
아멘.

북한 어린이를 위해 기도드려요

사랑의 예수님!
이 세상에는 우리처럼 자유롭게 살아가는
많은 어린이들이 있어요.
하지만 그렇지 못한 어린이들도 많아요.
특히 북한에 있는 어린이들이 그래요.
예수님, 북한에 있는 어린 친구들도
저희들처럼 자유롭게 살고 굶지 않고 배부르게
먹을 수 있었으면 정말 좋겠어요.
북한에는 가뭄과 홍수도 많고
여러 가지 문제 때문에 농사도 잘 되지 않는대요.
그래서 어린이들이 밥도 잘 못 먹게 되고
약도 부족해서 병이 들면 치료도 못 받을 때가 많대요.
예수님, 북한에도 교회가 많이 세워져서
고통 받는 친구들이 생기지 않도록 도와주세요.
예수님의 이름으로 기도드립니다.
아멘.

성경을 많이 읽고 싶어요

사랑의 예수님!
하나님은 살아계시고 지금도 우리와 함께 하시는
전능하신 분인 것을 감사드려요.
제게 하나님을 아는 지혜를 주셔서
이 세상을 살아갈 때 언제나 승리하는 사람이
될 수 있도록 기도드려요.
저는 하나님의 말씀인 성경을 사랑하고
성경을 많이 읽을 수 있었으면 좋겠어요.
예수 그리스도를 분명히 알고
성경을 사랑하는 어린이가 되고 싶어요.
그리기 위해 성경을 더 많이 읽을 수 있도록
오늘부터 저를 도와주세요.
예수님의 이름으로 기도드립니다.
아멘.

예수님만 사랑할래요

사랑의 예수님!
이 시간에 사랑하는 나의 예수님을 생각해 봅니다.
이 땅에 우리를 구원하시기 위해 우리처럼
사람의 몸을 입고 오셔서 십자가에서 피흘리신 예수님,
예수님께서 십자가에 달려 죽으심으로
나의 구세주가 되어 주신 것을 믿습니다.
나를 구원해 주신 예수님을
저는 이 세상 누구보다도 더 많이 사랑하기를 원해요.
예수님의 그 크신 사랑은 저희 엄마나 아빠보다도
더 크신 것을 제가 알기 때문에
예수님이 실망 되지 않도록
저는 예수님만 사랑할래요.
예수님만 사랑하고 예수님만 바라보는
아이가 되도록 도와주세요.
예수님의 이름으로 기도드립니다.
아멘.

유혹을 이기게 해 주세요

사랑의 예수님!
왜 저는 약할까요?
제게 유혹이 오면 저는 자꾸 흔들려요.
그것에 자주 속으려고 해요.
제 마음을 꽉 잡아주세요.
유혹은 예수님께로부터 나를 멀리 떨어뜨려놓으려는
마귀의 작전이라고 엄마와 선생님께서
늘 말씀하셨어요.
정말 예수님께서 원하시는 일보다 싫어하시는 일에
제 마음이 흔들리는 것을 보면 정말 그런 것 같아요.
오늘도 아자! 아자! 파이팅!
예수님의 이름으로 유혹은 물러가라!
예수님의 이름으로 항상 승리하도록
제게 힘을 주세요.
예수님의 이름으로 기도드립니다.
아멘.

예수님, 속상해요

사랑의 예수님!
오늘 속상한 일이 있었어요.
하루 종일 그 일을 자꾸 생각하다보니
마음까지 아파요.
항상 제 마음을 위로해 주시는 예수님께서
지금 제 마음을 위로해 주세요.
그리고 작은 일 때문에 자꾸 원망하고 불평하고 미워하는
마음이 생기지 않도록 도와주세요.
제게 언제나 위로가 되어 주시고
저의 속상함을 누구보다 잘 아시는 예수님께
모든 것을 말씀드리면 예수님은
저를 위로해 주시잖아요.
더 이상 속상해 하지 않도록
꼭 저를 위로해 주세요.
예수님의 이름으로 기도드립니다.
아멘.

하나님의 약속을 바라보게 해 주세요

사랑의 예수님!
제게 늘 말씀을 주시고 말씀 속에서
함께 해 주셔서 감사드려요.
또 하나님의 약속을 바라볼 수 있는 사람으로
자라게 해 주셔서 감사해요.
제 마음 속에 하나님만 바라보고
하나님이 함께 하시며
저를 인도하시는 사실을 믿어요.
또 하나님께서 우리에게 주신 약속의 말씀들이
제 속에서 잘 자랄 수 있도록 도와주세요.
하나님의 약속을 믿지 못한 아담과 하와는
결국 실패했어요.
제가 그렇게 실패하지 않도록 진실하신 하나님을
꼭 믿을 수 있도록 인도해 주세요.
예수님의 이름으로 기도드립니다.
아멘.

약속
의
말씀

우리나라 교회에 복을 주세요

사랑의 예수님!
저는 우리나라에서 하나님께 항상 예배드릴 수 있고
찬양할 수 있어서 정말 감사해요.
이렇게 신앙이 자유로운 대한민국에서
하나님의 교회들이 많이 세워지고
하나님의 말씀을 늘 전할 수 있다는 사실이
얼마나 기쁜지 모르겠어요.
사람들은 우리나라에 교회가 너무 많아 걱정이라지만
교회가 많은 것이 축복일 수도 있잖아요.
우리나라에 있는 모든 교회들을
하나님께서 축복해 주셔서
더 많은 사람들이 교회에 나가서
참 평안을 얻을 수 있도록 도와주세요.
예수님의 이름으로 기도드립니다.
아멘.

마음의 소원을 들어 주세요

사랑의 예수님!
저를 사랑해 주시고 인도해 주셔서 감사해요.
언제나 기쁘고 즐거운 생활을 할 수 있도록
도와주셔서 정말 감사드려요.
저는 제 기도를 들어 주시고
기도에 응답을 주시는 하나님을 사랑해요.
오늘도 제 마음의 문을 열고 제 기도를 들으시는 하나님 앞에
제 마음의 소원을 말씀드리고 싶어요.
예수님,
제게도 솔로몬 왕처럼 지혜가 넘칠 수 있도록 해 주세요.
하나님의 자녀로, 하나님이 주시는 지혜로, 세상을 살리고
꼭 필요한 곳에 내 지혜가 쓰일 수 있도록 해 주세요.
하나님만 주실 수 있는 하늘의 지혜를
지금 이 시간 저에게 주실 줄 믿어요.
예수님의 이름으로 기도드립니다.
아멘.

욕심을 없애 주세요

사랑의 예수님!
제 마음 속에 언제나 예수님을 사랑하는
마음만 남아 있었으면 좋겠어요.
그런데 그게 잘 되지 않아 속상해요.
저는 왜 이렇게 욕심이 많은 걸까요?
하나님께서 언제나 우리에게 필요한 모든 것을
채워 주신다고 하셨는데 저는 다른 걸 더 갖고 싶은 마음만 생겨요.
엄마께서도 탐심은 우상숭배라고
늘 말씀하시는데도 내 마음엔 욕심이 계속 자라는 것 같아요.
예수님,
이 시간 제 마음의 주인이신 예수님께서
저를 다스려 주시고 인도해 주세요.
예수님이 원하시는 착한 마음, 고운 마음만
내 마음 속에 남아 있도록 지금 도와주세요.
예수님의 이름으로 기도드립니다.
아멘.

억

미운 친구를 용서하게 해 주세요

사랑의 예수님!

저는 ㅇㅇㅇ가 자꾸 미워요.

미운 생각만 들어서 ㅇㅇㅇ는 보기도 싫어지려고 해요.

예수님은 저를 위해 십자가의 고통도 견디시고 이기셨는데

저는 왜 그런지 모르겠어요.

지금 저를 용서해 주세요.

저에게 넓은 마음을 주세요.

예수님이 넓은 마음 주셔서 그 마음을 가지고

ㅇㅇㅇ를 사랑으로 바라볼 수 있도록 해 주세요.

사람을 미워하지 않고 사랑하고

그 사람에게 편안한 사람이 되도록

예수님 도와주세요.

예수님의 이름으로 기도드립니다.

아멘.

요셉과 같이 꿈을 이루게 해 주세요

사랑의 예수님!
사람들 마음속에는 꿈이 있어요.
저도 이 다음에 커서 하나님을 전하는
사람이 되고 싶은 꿈이 있어요.
예수님,
제 속에 있는 이 꿈이 이루어지도록 저는 매일 기도해요.
요셉처럼 모든 어려움과 고난 속에서도 실망하지 않고
끝까지 이길 수 있도록 도와주세요.
요셉은 노예로 팔려가고 감옥에 갔어도 실망하지 않았어요.
그래서 결국 총리가 되었던 것처럼
저도 하나님 앞에서 약속을 꼭 믿고 나가는
믿음이 필요해요.
제게 그 믿음을 주셔서 꿈을 이룰 수 있도록 도와주세요.
예수님의 이름으로 기도드립니다.
아멘.

꿈꿈

항상 기뻐하고 싶어요

사랑의 예수님!
저를 사랑해 주시고 늘 푸른 초장처럼
좋은 곳으로 인도해 주셔서 감사해요.
저는 늘 예수님의 말씀처럼
살아가고 싶어서 오늘도 항상 기뻐하는 어린이가
되도록 기도드려요.
항상 싱글 벙글, 예수님 때문에
내 마음에 주신 귀한 말씀 때문에
나를 구원하여 주신 은혜 때문에
기뻐할 수 있도록 은혜를 주세요.
예수님의 이름으로 기도드립니다.
아멘.

예수님을 사랑해요

사랑해요!
내 마음 속에 예수님을 사랑하는 마음이
날마다 자꾸자꾸 생겨요.
정말, 정말 사랑해요.
왜냐면요
예수님은 내 마음 속에
내 주인이 되시고
나를 구원해 주신 분이시니까요.
세상에 사랑할 많은 것들이 있지만
아무리 생각해도 예수님만큼은 안 좋아요.
제 마음 아시죠?
예수님의 이름으로 기도드립니다.
아멘.

다윗같은 믿음의 사람이 되고 싶어요

사랑의 예수님!
오늘도 말씀 속에서 하나님의 살아계심을
깨닫고 그 말씀 가운데
제가 하나님께 기도하고 싶은 것을 발견했어요.
바로 용감한 다윗이예요.
어려서부터 하나님 말씀을 잘 믿고
말씀을 따라가며 살았던 다윗 왕처럼
저도 하나님의 말씀 따라가며
골리앗 같은 무서운 문제 앞에서도
당당하게 믿음으로 맞설 수 있도록
크고 강한 믿음을 가지도록 도와주세요.
예수님의 이름으로 기도드립니다.
아멘.

겁이 나요 예수님!

사랑의 예수님!
예수님은 언제나 저와 함께 계시죠?
엄마, 아빠는 저를 못 지켜줄 때도 있지만
예수님은 저를 한 번도 놓치지 않고
지켜주시는데도 저는 자꾸만 겁이 나요.
예수님,
제 속에서 자꾸 말씀해 주세요.
"걱정하지 마" "괜찮아" "내가 있잖아"
이렇게 말이예요.
그러면 제가 힘을 낼께요.
아무것도 두려워하지 않을께요.
항상 저를 보호해 주세요.
예수님의 이름으로 기도드립니다.
아멘.

바울같은 선교사가 되고 싶어요

사랑의 예수님!
저는 바울 선교사처럼
전 세계에 복음을 전하는 선교사가 되고 싶어요.
처음엔 예수님을 안 믿었던 바울이었지만
예수님을 만나고 난 후 죽는 것도 두려워하지 않았어요.
그리고 세계로 나가 예수님을 전했던 것처럼
제 속에 계신 예수님을 세계 모든 사람에게 알리고
소개할 수 있는 멋진 선교사가 되고 싶어요.
더운 나라 아프리카도, 추운 알래스카도,
전쟁이 끝나지 않는 중동에도
복음 들고 가는 하나님이 제일 기뻐하시는
선교사가 되고 싶어요.
오늘도 큰 믿음 가지고 훈련이 되도록
저를 인도해 주세요.
예수님의 이름으로 기도드립니다.
아멘.

예수
믿으세요!

모세같은 지도자가 되고 싶어요

사랑의 예수님!

세상에는 많은 지도자가 있어요.

사람들을 잘 이끌어가고 칭찬 듣는 지도자와

사람들을 잘 이끌어가지도 못하고

사람들에게 원망을 듣는 지도자가 있어요.

이렇게 여러 종류의 지도자들을 보면서 모세를 떠올려 봐요.

제가 후에 어른이 되면

모세처럼 하나님 앞에 사람 앞에 칭찬 듣는

지도자가 되고 싶어요.

하나님도 사랑하고 이스라엘 백성도 사랑했던

모세는 늘 자기 민족을 위해서 기도했대요.

저도 꼭 우리나라와 민족을 위해 하나님 앞에서 늘 기도하고

잘 이끌어 가는 모세 같은 지도자로 자라게 도와주세요.

예수님의 이름으로 기도드립니다.

아멘.

새해가 시작되었어요

사랑의 예수님!
새로운 시작의 날인 새해가 되었어요.
나이도 한 살 더 먹고 학교에서는 새 학년으로 올라가요.
이젠 내 생각도, 행동도 좀 더 커질 수 있는
한 해가 되어야겠어요.
지난해를 생각해보면 후회되는 것들이 너무 많아서 속상해요.
하지만 이제 시작된 새해부터는 후회하지 않도록
하루하루 하나님 말씀을 잘 따라갈 수 있도록 도와주세요.
정말 하나님과 함께하는 축복의 해가 되도록
하나님께서 축복해 주세요.
예수님의 이름으로 기도드립니다.
아멘.

년년

세상 사람들이 다 예수님을 믿게 해 주세요

사랑의 예수님!
저는 예수님을 알고 내 마음에 영접하고
하나님의 자녀가 되어 이렇게 예배드리고 행복을 느끼는데
세상에는 너무 많은 사람들이 예수님을 알지 못하고
예수님과 상관없이 살아가고 있어요.
저는 세상 모든 사람들이
저와 같이 예수님을 꼭 믿었으면 좋겠어요.
그래서 우리 집 식구, 이웃들, 친척들, 그리고
나를 모르는 사람들 까지
예수님을 믿고 구원 받을 수 있도록 도와주세요.
그리고 이제부터라도
제가 열심히 전도할 수 있도록 도와주세요.
내 속에 나와 함께 계시는 예수님을
많은 사람들에게 소개할 수 있는 용기도 주세요.
예수님의 이름으로 기도드립니다.
아멘.

예수님이
좋아요!

가난한 친구를 돕고 싶어요

사랑의 예수님!
이 세상에 사는 모든 사람들이 다
행복하고 기쁘게 살았으면 좋겠는데
그렇지 못한 사람이 더 많은 것 같아서 마음이 아파요.
특히 저처럼 어린 친구들이 집이 가난해서
고생하는 것을 보면 정말 마음이 아파요.
제가 그 친구들을 도울 수 있는 방법도 없어서 속상하구요.
하지만 제가 할 수 있는 기도로 그 친구들을 도울래요.
제가 직접 찾아갈 수 없지만
예수님은 그 친구들을 찾아갈 수 있으니까
위로해 주시고 그 친구들을 인도해 주세요.
그래서 같이 행복해질 수 있도록 꼭 도와주세요.
예수님의 이름으로 기도드립니다.
아멘.

가정생활

기쁜 명절이예요

사랑의 예수님!
오늘은 우리나라 사람이 모두 지키는 명절이예요.
맛있는 음식도 많고, 그동안 떨어져 지내던
친척들도 만나고, 새 옷도 입게 되어 저는 참 즐거워요.
이렇게 즐겁고 좋은 날 모두다
하나님께 감사하고 예배드리는
그런 날이 되면 더 좋겠어요.
예수님,
하나님을 안 믿는 사람들이 명절에 우상에게 절하고
제사를 지내는 것을 보면 많이 속상해요.
예수님, 빨리 많은 사람들이 예수님을 믿어서
제사가 없어지게 도와주세요.
예수님의 이름으로 기도드립니다.
아멘.

병이 완쾌되어 감사해요

사라의 예수님!
제 병이 나을 수 있도록 치료해 주셔서 감사해요.
이제는 하나님께서 건강하게 해 주신 제 몸이
하나님이 기뻐하시는 일을 위해
쓰여 질 수 있게 해 주세요.
이제는 더 이상 아프지 않도록
운동도하고 음식도 가리지 않고 잘 먹고
기도해서 하나님을 위해
건강한 어린이가 되게 해 주세요.
예수님의 이름으로 기도드립니다.
아멘.

예수님, 제 생일이예요

사랑의 예수님!
오늘은 하나님께서 이 세상에 저를 보내주신 기쁜 날이예요.
예수님도 제 생일을 축하해 주세요.
이 세상에서 하나님을 믿고 하나님을 기쁘게 해
드릴 수 있는 사람으로 보내 주신 것 감사해요.
또 이 세상에 있는 많은 사람들 중에서 하나님을 잘 믿는
저의 부모님을 만나게 해 주셔서 정말 감사해요.
믿음을 가질 수 있도록 해 주시고
전쟁이 나서 어렵고 가난한 나라가 아닌
대한민국에 태어나게 해 주신 것도 감사해요.
예수님,
하나님 자녀로 태어난 제가
많은 사랑을 나누고 예수님을 전할 수 있도록 해 주세요.
예배도 잘 드리고 기도도 많이 하게 해 주세요.
예수님의 이름으로 기도드립니다.
아멘.

항상 건강한 사람되게 해 주세요

사랑의 예수님!
항상 건강하게 해 주셔서 감사해요.
제가 더욱 튼튼하고 건강한 몸이 될 수 있도록
지금 하나님이 힘을 주세요.
하나님이 만들어 주신 제 몸이 튼튼하고 건강해서
어디든지 가고 무엇이든지 할 수 있도록 해 주셔서
하나님께 영광 돌리게 해 주세요.
그리고 축구도 잘 하고
야구도 잘 하게 해 주세요.
달리기도 잘 해야 해요.
저는 운동도 잘 하고
건강한 아이가 되고 싶어요.
예수님의 이름으로 기도드립니다.
아멘.

동생이 태어났어요

사랑의 예수님!
오늘 저희 엄마께서 동생을 낳았어요.
제게 동생이 생겨서 너무 기뻐요.
물론 동생이 생겨서 귀찮은 것도 있겠지만
귀엽고 사랑스런 동생을 우리 가정에
보내주셔서 하나님께 다시 한 번 감사드려요.
제 동생은 사랑 받기 위해
태어났어요.
하나님의 사랑과 우리 가족들의 사랑
많이 받고 무럭무럭 잘 자라도록
하나님께서 도와주세요.
예수님의 이름으로 기도드립니다.
아멘.

몸이 아파요

사랑의 예수님!
지금 저는 몸이 아파요.
몸이 아프니까 기도도 잘 안 되는 것 같아요.
하지만 내 속에 계시는 예수님께서
지금 제 병을 고쳐 주신 것을 믿어요.
지금 제가 먹는 약이 내 속에 들어와서
내 병을 잘 고치도록 도와주시고
저를 치료해 주시는 의사 선생님의
손을 통해서도
빨리 나을 수 있게 도와주세요.
빨리 건강한 몸으로 하나님을 찬양하고 싶어요.
예수님의 이름으로 기도드립니다.
아멘.

내가 제일 아끼는 물건을 잃어버렸어요

사랑의 예수님!
오늘은 제가 너무 속상해요.
제가 가장 아끼던 ○○○을 잃어버렸어요.
엄마가 사 주셨을 때
저는 정말 기뻐서 날아갈 것 같았는데
그만 잃어버렸어요.
예수님,
속상한 제 마음을 위로해 주세요.
그리고 이제부터는 물건을 잃어버리지 않고
잘 간수할 수 있도록
도와주세요.
그래서 다시는 속상하지 않도록 해 주세요.
예수님의 이름으로 기도드립니다.
아멘.

우리 가족의 생일을 축하해 주세요

사랑의 예수님!
우리에게 이렇게 행복한 날을 주셔서 감사해요.
특히 오늘은 우리 가족 ㅇㅇㅇ의 생일이예요.
ㅇㅇㅇ를 우리에게 보내 주셔서 감사해요.
ㅇㅇㅇ로 우리 가족(가정)이 행복할 수 있어
너무 감사해요.
이제는 ㅇ ㅇ ㅇ 때문에 하나님이
더 기쁠 수 있게 ㅇ ㅇ ㅇ에게 더욱
하나님이 축복해 주시길 원해요.
예수님의 이름으로 기도드립니다.
아멘.

꾸중 들었어요

사랑의 예수님!
오늘은 제 마음이 너무 슬퍼요.
왜냐면요
엄마께 꾸중을 들었어요.
정말 속상했어요.
저도 부모님 말씀 잘 듣는 착한 아이가 되고 싶었는데
그런 제 마음을 엄마가 모르시는 것 같아 많이 속상했어요.
그렇지만 예수님,
제가 잘못한 것은 반성하고 있어요.
엄마께서는 제가 잘 되길 원하시고
사랑하니까 꾸중하신거란 것도 잘 알아요.
다음부터는 제 잘못을 고쳐서 부모님께 칭찬 들을 수
있는 아이가 되었으면 좋겠어요.
예수님이 도와주세요.
예수님의 이름으로 기도드립니다.
아멘.

즐거운 여행이 되게 해 주세요

사랑의 예수님!
오늘은 저희 가족이 여행을 가는 날이예요.
우리 가족이 여행갈 때 하나님이 함께 해 주셔서
정말 기쁘고 행복한 여행이 될 수 있도록 해 주세요.
우리가 가는 길을 하나님이 지켜주셔서
안전운행 할 수 있도록 해 주시고
우리 가족이 보는 모든 자연 환경을 통해
창조주이신 하나님을 만날 수 있는
특별한 시간이 되게 해 주세요.
그래서 여행을 통해서도
나의 믿음이 더 커지고
생각이 커질 수 있도록 해 주세요.
예수님의 이름으로 기도드립니다.
아멘.

우리 가족이 건강하게 해 주세요

사랑의 예수님!
오늘은 내 마음이 너무 슬퍼요.
왜냐면요
저의 사랑하는 ○○○가 많이 아프거든요.
저는 우리 가족이 아프면 저도 아픈 것 같아서 힘이 빠져요.
그래서 지금 하나님께 기도드려요.
하나님께서 ○○○을 빨리 치료해 주셔서
건강하게 해 주세요.
다시 예전처럼 지낼 수 있도록 하나님이 도와주세요.
하나님께서 빨리 낫게 해 주실 것을 믿어요.
예수님의 이름으로 기도드립니다.
아멘.

우리 집이 정말 좋아요

사랑의 예수님!
저에게 엄마, 아빠를 주셔서 감사해요.
또 형, 누나, 언니, 동생을 주셔서 감사해요.
우리 가정이 하나님께서 원하시는
아름다운 가정이 되었으면 좋겠어요.
엄마, 아빠는 우리 가정을 위해 늘 기도하고
형, 누나, 언니, 동생은 저와 함께
싸우지 않고 잘 지내게 해 주세요.
예수님을 믿지 않는 친구들이 보고
부러워할 수 있는 믿음의 가정이 되게 도와주세요.
그래서 하나님께 영광을 돌릴 수 있도록 만들어 주세요.
예수님의 이름으로 기도드립니다.
아멘.

가정예배를 잘 드리고 싶어요

사랑의 예수님!
지금 저희들이 드리는 이 예배 가운데
함께 해 주시고
이 시간 성령께서 인도해 주세요.
우리가 드리는 예배를 통해
우리 가족이 예수님으로 하나 되게 해 주시고
믿음을 가질 수 있는 시간이
되게 해 주세요.
그래서 예수님을 믿지 않는 ㅇㅇㅇ에게
예수님을 전할 수 있는 용기도 얻고
지혜도 얻을 수 있는 시간이 되게 해 주세요.
예수님의 이름으로 기도드립니다.
아멘.

아침기도 드려요

사랑의 예수님!
행복한 하루가 시작되게
해 주셔서 감사드려요.
이 행복한 하루 속에서
예수님이 함께 하시는 것과
나의 가는 모든 곳에서
예수님이 지켜주시는 것을 느낄 수 있도록
오늘 하루도 축복해 주세요.
그리고 예수님을 모르는 친구에게
나를 지켜주시는 예수님을
소개할 수 있는
하루가 되게 해 주세요.
예수님의 이름으로 기도드립니다.
아멘.

맛있는 음식주셔서 감사해요

사랑의 예수님!
저에게 귀한 양식을 주셔서 감사해요.
제가 먹는 이 음식이
내 몸 속에 들어가 내 약한 부분을 튼튼하게
할 수 있도록 해 주세요.
항상 하나님께 감사하는 마음을 갖게 해 주시고
언제나 건강해서 하나님을 더욱더
사랑할 수 있도록 도와주세요.
그리고 내 마음과 생각도
올바르게 해 주시고
믿음도 잘 자라게 해 주세요.
예수님의 이름으로 기도드립니다.
아멘.

예수님, 자기전에 기도드려요

사랑의 예수님!
오늘 하루도 나를 지켜주시고
인도해 주셔서 감사해요.
하루를 뒤돌아 생각해보면
예수님이 나와 함께 하신 것을
알게 되어 감사해요.
예수님은 언제나 제 편이 되어 주셨으니까
앞으로도 저와 함께 하실 것을 저는 믿어요.
지금 잠자리에 누워 자는 시간도
저와 함께 해 주셔서 예수님 꿈을 꾸었으면 좋겠어요.
행복하게 잠자리에 들게 해 주신 것 정말 감사해요.
예수님의 이름으로 기도드립니다.
아멘.

부모님이 좋아요

사랑의 예수님!
세상에서 제일 저를
사랑하는 부모님을 주셔서 감사해요.
제게 믿음을 심어 주고
세상을 살아가는 지혜도 가르쳐 주시는
제 부모님을 축복해 주세요.
저희 아빠를 지켜주세요.
직장 다니시느라 힘들지만
저와 제 동생, 형, 누나를 통해
기쁨을 얻을 수 있도록 해 주시고
제 엄마에게도 힘을 주셔서
저희들을 잘 돌볼 수 있도록 해 주세요.
그리고 저희들이 엄마, 아빠께
기쁨을 드릴 수 있도록 해 주세요.
예수님의 이름으로 기도드립니다.
아멘.

엄마를 위해서 기도해요

사랑의 예수님!
제게 늘 기도해 주시는 엄마가 계신 것 정말 감사드려요.
제가 뱃속에 있을 때부터 언제나 저를 위해서
기도해 주시고 저를 늘 보살펴 주시는
우리 엄마에게 성령님이
더욱더 함께 해 주시고 새 힘을 주세요.
우리 가족 모두는 엄마가 있어서
얼마나 고마운지 알고 있어요.
그래서 엄마가 더욱더 건강해졌으면 좋겠어요.
엄마가 항상 건강해야 우리 가족 모두가 건강할 수 있거든요.
우리 가족을 위해서, 그리고 엄마를 위해서도
우리 엄마가 마음이 편안하고 더욱더
건강해 질 수 있도록 도와주세요.
예수님의 이름으로 기도드립니다.
아멘.

가족들이 서로 사랑하도록 도와주세요

사랑의 예수님!
사랑하는 우리 가족들을 지켜주시고 보호해 주세요.
언제나 믿음이 충만하며 하나님이 기뻐하시는
가족들이 되게 해 주세요.
함께 있을 때 가장 행복해 질 수 있고
서로를 바라볼 때는
웃을 수 있는 그런 화목한 가정이
되도록 도와주세요.
그리고 엄마와 아빠가 또 저와 제 동생이,
저와 형이 서로 서로 사랑하고
아낄 수 있는 가정이 되도록 도와주세요.
그래서 믿지 않는 우리 이웃들이
저희 집을 보며 하나님이 믿고 싶어지는
가족이 되도록 도와주세요.
예수님의 이름으로 기도드립니다.
아멘.

우리 가족을 항상 도와주세요

사랑의 예수님!
저를 언제나 지켜주시고 인도해 주시는
예수님께 정말 감사드려요.
또 제게 사랑하는 가족을 주시고
가족들을 위해 기도하게 하셔서 정말 감사해요.
제 친구들은 가족들이 예수님을 믿지 않거나
아니면 친구가 예수님을 믿지 않아서
행복해 보이지 않을 때가 많아요.
그렇지만 제게는 믿음의 가정을 주셨으니 정말 감사해요.
우리 가족들의 믿음이 언제나 풍성해지고
더욱더 튼튼한 믿음이 되도록 예수님이 지켜주세요.
믿음이 잘 자라고 건강해져야 우리의 몸도 건강해질 수 있어요.
예수님이 우리 가족들을 잘 지켜주셔서
건강과 믿음을 잃지 않도록 도와주세요.
예수님의 이름으로 기도드립니다.
아멘.

할렐루야

안 믿는 가족을 구원시켜 주세요

사랑의 예수님!
예수님이 저를 사랑하시고 언제나 지켜주시는 것을
저는 알 수 있어요.
저는 예수님을 정말 사랑해요.
예수님! 저는 정말 마음이 슬퍼져요.
왜냐면요
우리 가족중에 예수님을 모르는 ○ ○ ○ 때문에요.
예수님을 마음에 모시지 않으면 구원을 받을 수 없고
구원을 못 받으면 하나님 자녀가 될 수 없는데
○○○는 그것을 몰라요.
예수님, 우리 ○○○가 예수님을 꼭 믿을 수 있도록 도와주세요.
그래서 저와 ○○○와 함께 하나님께 예배할 수
있도록 꼭 도와주세요.
예수님은 저를 사랑하시니까 제 기도를 들어주실 것을 믿어요.
예수님의 이름으로 기도드립니다.
아멘.

우리 할아버지, 할머니를 지켜주세요

사랑의 예수님!
제게는 할아버지, 할머니가 계세요.
예수님도 아시죠?
저를 세상에서 제일 사랑해 주시고
맛있는 것, 좋은 것 있으면 언제나
숨겨두셨다가 제게 살짝 건네주시는
할아버지, 할머니를 생각하면 정말 감사한 마음이 들어요.
그래서 제가 예수님께 이 시간 기도를 드리는 거예요.
저희 할아버지, 할머니가 건강하게 오래오래 사셔서 제가
할아버지, 할머니께 받은 것을 돌려 드릴 수 있도록
그 때까지 예수님이 지켜주세요.
건강하게 지금의 모습으로 잘 지낼 수 있도록 도와주세요.
예수님의 이름으로 기도드립니다.
아멘.

부모님 힘이 되고 싶어요

사랑의 예수님!
제게 좋으신 엄마, 아빠를 주신 것 정말 감사드려요.
오늘도 저를 위해 기도하시고
우리 가족들을 위해 열심히 일하시는
우리 부모님이 언제나 건강하셨으면 좋겠어요.
우리 엄마, 아빠가 몸이 건강할 수 있도록
도와주시고 또 엄마, 아빠가 하시는 일들 때문에
힘들지 않도록 도와주세요.
그리고 무엇보다도 제가 엄마, 아빠의
힘이 되고 싶어요.
제게 지혜와 힘을 주셔서
엄마, 아빠를 도울 수 있는 일을 찾아서
도울 수 있도록 저를 도와주세요.
예수님의 이름으로 기도드립니다.
아멘.

게임에 빠지지 않게 해 주세요

사랑의 예수님!
저는 오늘 예수님께 부탁을 드리고 싶어요.
저도 제 자신을 어떻게 해야 할지
모를 때가 많이 있어요.
특히 게임을 할 때는 더 그러는 것 같아요.
그만 해야 된다는 것을 알면서도
컴퓨터 앞에 앉아 시작을 하면
멈출 수가 없어 속상해요.
예수님!
예수님이 이제부터 제 마음 속에서
저를 잡아주세요.
조금씩만 게임을 하고 일어설 수 있는
힘이 생기도록 도와주세요.
예수님의 이름으로 기도드립니다.
아멘.

어린이 주일이예요

사랑의 예수님!
오늘은 꽃주일, 우리들의 날이예요.
예수님께서도 어린 아이를 사랑하셨죠?
세상 사람들은 어린이가 희망이라고 해요.
하나님도 그렇죠?
어린이 주일이라고 선물 받는 것만
좋아하는 어린이가 되지 않도록 도와주세요.
디모데처럼 어려서부터
하나님 말씀을 사랑하고 따라가는 믿음이
생길 수 있도록 도와주세요.
그래서 저희들을 통해 하나님 나라의 뜻이
꼭 이루어질 수 있도록 준비하는 시간이 되게
인도해 주실 것을 믿어요.
예수님의 이름으로 기도드립니다.
아멘.

어버이 주일이예요

사랑의 예수님!
오늘은 저를 낳아주신 부모님을 위한 날이예요.
엄마, 아빠가 안 계시면 저희들은 세상에 없었겠지요.
저를 낳아주시고 길러주시느라 고생하시는
우리 부모님께 하나님의 은혜가 넘칠 수 있도록
기도드립니다.
항상 하나님을 사랑하고 믿음 좋은
우리 부모님이 되게 해 주세요.
그리고 어버이 주일을 맞아 부모님에게
하나님이 축복하셔서 건강하게 해 주시고
하나님께서 가장 기뻐하실 수 있는
부모님이 되도록 인도해 주세요.
예수님의 이름으로 기도드립니다.
아멘.

TV에 빠지지 않게 해 주세요

사랑의 예수님!
지금 이 시간에 하나님께서 저를 인도해 주세요.
TV를 켜고 보기 시작하면
TV에 빠져들어서 다른 생각을 할 수 없어요.
이러다가 교회에 예배드리러 가는 것보다
하나님 말씀 듣는 것보다 TV를 더 좋아하면
어떡하나 걱정이 돼요.
아무리 TV가 재미있고 즐거워도
하나님보다는 더 좋아하지 않도록
저를 도와주세요.
제 맘 속에 "이제 그만"이라고 말씀해 주셔서
TV에 빠지지 않도록 하나님께서
내 마음 속에서 역사해 주세요.
예수님의 이름으로 기도드립니다.
아멘.

배탈났어요

사랑의 예수님!
지금 저는 배가 무척 아파요.
먹을 것을 조심해야 했는데
그만 먹는 것을 조심하지 못해서
배탈이 났어요.
제가 먹는 이 약과 의사 선생님의
진찰을 통해 하나님이 함께 해 주셔서
빨리 나아서 건강한 몸으로 하나님을
찬양할 수 있도록 해 주세요.
예수님의 이름으로 기도드립니다.
아멘.

학교생활

학교생활

새 학년이 시작되었어요

사랑의 예수님!
이제 제가 학교에서 O학년으로 올라가요.
제게 좋은 선생님과 친구들을
만날 수 있도록 축복해 주세요.
새 학년으로 올라가면 옛날보다 더
공부도 열심히 하고, 운동도 열심히 하고,
노는 것도 열심히 할 수 있도록 지혜도 주세요.
하나님의 자녀이니까 다른 친구보다도
더 최선을 다 할 수 있는 힘도 주세요.
그래서 하나님께도 사랑받고
사람들에게도 사랑 받을 수 있게
도와주세요.
예수님의 이름으로 기도드립니다.
아멘.

친구를 도와주세요

사랑의 예수님!
우리 반에는 ㅇㅇ라는 친구가 있어요.
그런데 아빠, 엄마가 없대요.
어떤 때는 엄마를 많이 그리워하는 것 같았어요.
그럴 때마다 저도 마음이 많이 괴로웠어요.
우리 친구 ㅇㅇ는 할머니와 함께 산대요.
집도 많이 가난한 것 같아요.
예수님, ㅇㅇ를 도와주고 싶어요.
먼저 ㅇㅇ가 예수님을 믿고
하나님 자녀가 되었으면 좋겠어요.
제가 ㅇㅇ에게 예수님을 잘 소개할 수 있도록 도와주세요.
그리고 ㅇㅇ에게 예수님의 사랑을 듬뿍 부어 주세요.
매일 ㅇㅇ의 얼굴에 웃음이 가득하게 해 주세요.
많은 사람들이 ㅇㅇ를 도울 수 있게 해 주세요.
예수님의 이름으로 기도드립니다.
아멘

즐거운 방학이예요

사랑의 예수님!

드디어 시작됐어요.

즐거운 여름 방학이 오늘부터 시작이예요.

전 벌써 방학 계획을 세웠어요.

일단 여름 성경 학교에 참석하구요.

그 다음엔 시골 할머니 댁에 갈꺼예요.

예수님,

이번 방학은 정말 소중하고 알차게

보낼 수 있도록 도와주세요.

몸도 건강하게 해 주시구요.

공부도 열심히 하게 해 주세요.

우리 반 친구들도 건강하게 방학을 보냈으면 좋겠어요.

개학 때 기쁘고 즐거운 얼굴로 만나게 해 주세요.

예수님의 이름으로 기도드립니다.

아멘.

왕따는 나빠요

사랑의 예수님!

하나님은 모든 사람을 다 사랑하신다고

말씀하셨지요?

그런데 우리 반에는 왕따 당하는 친구가 있어요.

제가 볼 때 그 친구는 말도 별로 없고 착한 것 같은 데 그래요.

그 친구가 왕따 당할 땐 제가 속이 상해요.

친구를 왕따 시키는 건 하나님이 기뻐하시는 것이 아니잖아요.

하나님, 정말 부탁 드릴께요.

제발 우리 친구가 왕따 당하는 일이 없도록 도와주세요.

왕따 시키는 것은 아주 잘못된 것인 것을 알게 해 주세요.

그래서 왕따가 없는 우리 반이 되게 해 주세요.

제게 믿음과 용기도 주셔서

왕따당하는 친구를 도와주게 해 주세요.

예수님의 이름으로 기도드립니다.

아멘.

싸우지 않게 해 주세요

사랑의 예수님!

오늘 친구와 싸웠어요.

저도 너무 화가 나서 그 때는 참을 수가 없었어요.

예수님, 죄송해요.

서로 사랑하라고 하신 예수님의 말씀이 생각나서

제가 먼저 친구에게 미안하다고 했어요.

그런데 친구는 제 사과를 받아주지 않아요.

어떻게 하면 좋죠?

예수님,

우리 친구의 마음이 바뀌게 해 주세요.

저의 사과를 받아주게 하시고

다시 사이좋게 지낼 수 있도록 도와주세요.

예수님의 이름으로 기도드립니다.

아멘.

책을 많이 읽고 싶어요

사랑의 예수님!
엄마는 저에게 책을 열심히 읽으라고
하시지만 책 읽는 것이 싫을 때가 너무 많아요.
그렇지만 책을 읽지 않을 수는 없어요.
그리고 책 읽지 않는 사람이 되는 것도 싫어요.
저도 책을 많이 읽고 싶어요.
그래서 공부도 잘하고 칭찬 듣고 싶어요.
예수님, 제 마음속에 책 읽는 것을
좋아하는 마음을 주세요.
또 똑똑한 어린이가 될 수 있도록 지혜도 주세요.
제가 책을 많이 읽어서
부모님과 선생님께 칭찬을 들으면
예수님께서도 기분이 좋으시잖아요.
예수님의 이름으로 기도드립니다.
아멘.

오늘 공부 잘하게 도와주세요

사랑의 예수님!
오늘도 나에게 기도할 수 있게
해 주셔서 감사합니다.
이렇게 좋은 하루가 시작되는 이 시간에
하나님께서 나와 함께 해 주세요.
이 수업 시간에 선생님께서 하시는 말씀이
잘 이해되게 해 주시고 알 수 있도록 해 주세요.
공부하는데 필요한 지혜도 많이 주세요.
최선을 다해서 공부하게 해 주세요.
그래서 공부를 통해서
하나님을 기쁘시게 하는 어린이가 되게 해 주세요.
그렇지만 공부 때문에 힘들지는 않게 해 주세요.
예수님의 이름으로 기도드립니다.
아멘.

시험 잘 치고 싶어요

사랑의 예수님!
내일은 학교에서 시험 치는 날이예요.
공부는 했는데 은근히 걱정돼요.
혹시 생각이 안 나서
시험을 잘못 치면 어떡해요.
예수님,
제가 공부한 것은 생각이 다 나게 해 주고
지혜도 많이 주세요.
최선을 다해 공부를 했어요.
시험을 잘못 쳐서 후회하지
않도록 해 주세요.
예수님의 이름으로 기도드립니다.
아멘.

우리 선생님이 좋아요

사랑의 예수님!

우리 반 담임 선생님은 참 좋은 선생님이예요.

실력이 너무 좋아서 우리들에게 공부를 잘 가르쳐 주세요.

저는 우리 선생님이 말씀해 주시면 공부가 잘돼요.

또 우리들의 고민도 잘 들어 주시고

좋은 말씀도 많이 해 주세요.

그런데 한 가지 문제가 있어요.

아직 예수님을 믿지 않아요.

저는 우리 선생님이 빨리 예수님을 믿었으면 좋겠어요.

그래서 함께 예배도 드리고

함께 기도도 드리고 찬양도 할 수 있었으면 정말 좋겠어요.

빨리 그날이 오게 해 주세요.

예수님의 이름으로 기도드립니다.

아멘.

우리 반이 좋아요

사랑의 예수님!

저는 우리 반이 좋아요.

왜냐면요

우리 선생님이 교회를 다니시기 때문이예요.

우리 선생님은 우리를 위해서 기도도 하신다고 했어요.

예수님을 믿으시는 우리 선생님은 사랑이 많으세요.

우리 반 친구들을 정말 사랑하시는 분이세요.

우리 반에는 예수님을 모르는 아이들도 많지만

우리 반은 즐거운 짱이예요.

예수님,

우리 반을 축복해 주세요.

예수님의 이름으로 기도드립니다.

아멘.

왕 선생님!

내 친구와 좋은 우정을 갖고 싶어요

사랑의 예수님!
제게 좋은 친구들이 있어요.
저는 제 친구들이 항상
저와 함께 있었으면 좋겠어요.
그래서 저는 예수님께 제 마음의
그릇이 커지기를 기도하려고 해요.
때로는 친구가 잘못해도 용서해 주고
친구가 어려울 때는
제가 먼저 그 친구를 도와 줄 수 있는
넓은 마음이 있으면
친구들과의 우정은 결코 변하지 않을 꺼예요.
예수님!
그러니까 제가 다른 사람을 더 많이
사랑할 수 있도록 도와주세요.
예수님의 이름으로 기도드립니다.
아멘.

도와 줄줄 아는 사람이 되게 해 주세요

사랑의 예수님!
제게 착한 마음을 주세요.
저보다 약한 친구, 어려운 친구,
도움이 필요한 친구들에게
언제나 도움을 줄 수 있는 마음을 주세요.
하나님께서도
네 이웃을 네 몸처럼 사랑하라고 하셨잖아요.
예수님을 믿는 내 마음에
다른 사람을 사랑하고 이해하는
넓은 마음을 주셔서
내 도움이 필요한 곳에 가서
기쁜 마음으로 도와 줄 수 있도록
저를 언제나 이끌어 주세요.
예수님의 이름으로 기도드립니다.
아멘.

장애인 친구를 위해서 기도해요

사랑의 예수님!
하나님께서는 이 온 우주만물을 만드신
창조주 하나님이신 것을 믿어요.
저를 만드시고 이 땅에 하나님을 믿는
하나님의 자녀로 보내주셔서
건강하고 행복하게 살 수 있도록 해 주셔서 감사드려요.
그런데 제 친구들 중에는 장애를 가진 친구가 있어요.
다른 친구들은 그 친구를 놀려대며
재미있어하지만 저는 속상했어요.
장애가 있지만 그 친구도 하나님께서 만드신 소중한 사람인데
나와 조금 다르다고 놀리는 것은 잘못 된 것 같아요.
그 친구가 상처 받지 않도록 지켜 주세요.
장애가 있지만 그래도 더욱 씩씩하게 잘 자랄 수 있도록
하나님께서 그 친구에게 힘을 주세요.
예수님의 이름으로 기도드립니다.
아멘.

예수님, 저 오늘 졸업해요

사랑의 예수님!
오늘은 제가 졸업하는 날이예요.
한 해 동안 좋은 선생님과 친구들과
같이 배우고 생각하고 함께 했어요.
이제 그 시간들을 마치고 새로운 곳으로 갈 시간이예요.
우리들의 마음과 생각들이 점점
자랄 수 있도록 도와 주셔서 정말 감사드려요.
잘 배운 만큼 하나님께 영광 돌릴 수 있도록
우리를 인도해 주세요.
그래서 상급과정에서도 하나님을 제일
기쁘게 해 드릴 수 있는 하나님의 자녀가 되게 해 주세요.
저희들을 지도해 주신 우리 선생님들께도
하나님의 더욱 큰 위로와 사랑이
언제나 함께 하시기를 간절히 기도드려요.
예수님의 이름으로 기도드립니다.
아멘.

운동 잘하게 도와주세요

사랑의 예수님!
제게 건강한 팔과 다리 그리고 몸을
주신 것 감사를 드려요.
제게 주신 몸을 건강하게 지킬 수 있도록
운동할 수 있는 마음을 주세요.
저도 다른 친구들처럼
달리기도 잘하고, 축구도 잘하고,
농구도 잘 할 수 있도록 도와주세요.
제가 노력할 때 그 노력에
하나님이 함께 하셔서 더욱더 잘 할 수 있는
몸과 마음이 만들어 지도록 도와주세요.
예수님의 이름으로 기도드립니다.
아멘.

교회생활

좋은 친구가 있어요

사랑의 예수님!
제게는 많은 친구들이 있어요.
학교에 같이 다니는 친구,
같이 운동하는 친구,
같이 교회에 다니는 친구들이 있어요.
그렇지만 제게는 같이 믿음이 자랄 수 있도록
도와줄 수 있는 친구가 많이 있으면 더 좋겠어요.
성경 속에 나와 있는 다니엘과 세 친구들처럼
서로에게 하나님을 잘 믿을 수 있게
의지하고 기도해 줄 수 있는 친구가 많았으면
정말 좋겠어요.
저도 친구들에게 그런 친구가 되었으면 좋겠구요.
하나님께서 제게 꼭 그런 친구를
만나게 해 주실 것을 믿어요.
예수님의 이름으로 기도드립니다.
아멘.

하나님을 기쁘시게 하고 싶어요

사랑의 예수님!
저를 날마다 인도해 주시고
모든 것을 도와주셔서 감사드려요.
이 시간에 성령님께서 저와 함께 하셔서
제 입술로 하나님을 기쁘시게 할 수 있도록 해 주세요.
저는 아는 것도 많지 않고
엄마처럼, 아빠처럼 멋있게 기도할 줄도 몰라요.
하지만 내 마음에 하나님이 계시고
예수님을 믿는 믿음을 기도로 잘
표현할 수 있었으면 좋겠어요.
그리고 예배도 잘 드리고
찬양도 잘 해서 하나님의 마음이
즐거우시면 정말 좋겠어요.
예수님의 이름으로 기도드립니다.
아멘.

교회가기 싫어요

사랑의 예수님!
저는 하나님이 살아계신 것과
저를 많이 사랑하신다는 것이 믿어져요.
그런데 오늘은 교회에 가기가 싫어졌어요.
왜 그런지 모르겠지만 자꾸 가기가 싫어져요.
하나님은 하나님의 자녀들이
하나님께 예배드리는 것을
가장 기뻐하신다고 하셨는데
제가 하나님께서 가장 기뻐하시는
일을 해야겠죠?
하나님, 오늘 제가 하나님이 기뻐하시는
예배를 드릴 수 있도록 힘을 주세요.
예배로 승리하도록 꼭 도와주세요.
예수님의 이름으로 기도드립니다.
아멘.

우리 선생님이 좋아요

사랑의 예수님!

저는 우리 선생님이 정말 좋아요.

성경 말씀도 잘 가르쳐 주시고

항상 저를 위해서 기도해 주시는

우리 선생님이 정말 좋아요.

저도 나중에 크면

우리 선생님 같은 선생님이 되고 싶어요.

아이들을 사랑하고

많은 아이들을 전도해서

하나님 말씀을 잘 가르치는

주일 학교 선생님이 될 수 있도록

예수님께서 도와주세요.

예수님의 이름으로 기도드립니다.

아멘.

우리 친구가 빨리 낫게 해 주세요

사랑의 예수님!
이번 주는 나하고 가장 친한 친구가
교회를 못 왔어요.
몸이 아파서 집에 누워 있대요.
나는 그 친구 하고 같이
선생님 말씀도 듣고
같이 찬양을 부르는 게 너무 좋아요.
빨리 그런 시간을 가질 수 있도록
예수님께서 우리 친구의 병을 낫게
해 주세요.
또 우리 친구가 너무 아프지 않도록
지켜 주세요.
예수님의 이름으로 기도드립니다.
아멘.

신나는 여름성경학교예요

사랑의 예수님!
너무 신나고 즐거운 방학이예요.
예수님은 제 마음 아시죠?
조금 있으면 여름 성경 학교가 시작돼요.
이번 여름 성경 학교는 정말 기대가 많이 돼요.
우리 교회 전도사님이 이번 여름 성경 학교는
굉장히 신나는 순서들을 많이 준비하셨대요.
저도 우리 학교 친구들에게
미리 이야기 많이 해 뒀어요.
여름 성경 학교가 시작되면
우리 친구들 하고 맨 먼저 교회 갈 꺼예요.
우리 친구들이 한 명도 빠짐없이
다 교회 오도록 해 주세요.
그래서 믿음도 많이 커지도록 해 주세요.
예수님의 이름으로 기도드립니다.
아멘.

어린이 라면 대 환영!!!
여름 성경 학교
신난다! 주일학교   T. ㄱㄱㄱ-ㄱㄱㄱㄱ

예배를 잘 드리게 해 주세요

사랑의 예수님!
예배 시간에 장난치지 않도록 도와주세요.
예배 시간만 되면 자꾸 옆에 있는 친구와
장난을 치게 돼요.
어떤 때는 물먹으러 왔다 갔다 하기도 해요.
이런 모습은 올바르게 예배드리는
모습이 아닌 것 같아요.
그리고 설교 말씀을 들을 때도
잘 듣게 해 주세요.
그래서 저도 다윗처럼
믿음이 많이 자라게 해 주세요.
예배를 잘 드려서 사무엘과 같은
믿음의 사람이 꼭 되게 해 주세요.
예수님의 이름으로 기도드립니다.
아멘.

헌금을 잘 드리고 싶어요

사랑의 예수님!
저 고백할 게 있어요.
사실은 어머니께서 주신 헌금을
교회에 내지 않고
맛있는 과자를 사 먹은 적이 있어요.
어떤 때는 헌금으로 게임한 적도 있어요.
저도 이젠 이것들이 잘못되었다는 것을
잘 알아요.
앞으로는 이런 짓 하지 않도록 도와주세요.
대신 제 용돈에서 십일조 헌금도 내고
선교사들을 돕는 구제헌금도 할꺼예요.
예수님,
이제부터는 헌금생활을 잘해서
하나님께 칭찬 듣는 어린이가 되고 싶어요.
예수님의 이름으로 기도드립니다.
아멘.

헌금함

우리 교회는 정말 좋아요

사랑의 예수님!
우리 교회는 정말 좋아요.
믿음 좋은 목사님과 전도사님도 계시고
사랑이 많은 장로님과 집사님들이 많이 계세요.
또 우리 주일 학교에는
우리들을 성경 말씀으로 잘 가르쳐 주시는
선생님들도 많이 계세요.
그리고 함께 뛰어놀 수 있는 친구들이 정말 많아요.
저는 우리 교회가 정말 좋아요.
제가 더욱더 예수님을 사랑하고
우리 교회를 사랑할 수 있도록 도와주세요.
그리고 우리 교회도
믿음 가득하고 성령충만한 교회가 되도록 도와주세요.
예수님의 이름으로 기도드립니다.
아멘.

우리 성가대가 더 멋진
찬양을 드릴 수 있게 해 주세요

사랑의 예수님!
우리 주일 학교에는 성가대가 있어요.
얼마나 찬양을 잘 하는지 몰라요.
예배 시간에 성가대에서 하는 찬양을 들으면
제 마음이 굉장히 기뻐요
그리고 예수님을 사랑하는 마음도 더 생겨요.
예수님, 우리 주일 학교 성가대가
더 멋지고 아름다운 찬양을 예수님께
드릴 수 있도록 도와주세요.
열심히 연습하고 실력도
쌓을 수 있도록 도와주세요.
항상 기쁘고 즐거운 마음으로
하나님께 찬양하는 성가대가 되게 해 주세요.
예수님의 이름으로 기도드립니다.
아멘.

우리 목사님이 좋아요

사랑의 예수님!
우리 교회 목사님은 정말 좋으신 분이예요.
항상 우리들을 위해서 기도해 주시고
사랑으로 우리들을 돌봐 주세요.
이렇게 좋은 목사님을 우리에게 보내주신
예수님께 감사드립니다.
예수님,
우리 목사님이 항상 성령충만하게
함께 해 주세요.
그래서 기도도 더 많이 하고
하나님 말씀도 잘 전하게 해 주세요.
항상 예수님만 사랑하는
목사님이 되게 해 주세요.
예수님의 이름으로 기도드립니다.
아멘.

전도하고 싶어요

사랑의 예수님!
저를 구원해 주셔서 감사해요.
저는 이제 하나님의 자녀가 되어
구원받고 천국 가는 사람이 되었지만
제 친구들은 아직도 예수님을
믿지 않고 있어요.
저는 정말 우리 친구들을 전도하고 싶어요.
그래서 같이 교회도 다니고
함께 천국 가는 하나님의 사람이 되고 싶어요.
제가 친구들을 잘 전도할 수 있도록
도와주시고, 또 우리 친구들이 예수님을
잘 믿을 수 있도록 도와주세요.
예수님만을 믿습니다.
예수님의 이름으로 기도드립니다.
아멘.

기도를 잘하게 해 주세요

사랑의 예수님!
저는 한 가지 소원이 있어요.
그것은 기도를 잘하는 거예요.
저는 기도를 잘하는 사람이 되고 싶어요.
하지만 기도가 잘 되지 않아요.
예수님,
제가 항상 기도할 마음이 있게 해 주시고
기고할 때마다
예수님이 도와주셔서
기도 잘하는 사람이 될 수 있도록
도와주세요.
예수님의 이름으로 기도드립니다.
아멘.

주일 학교 헌신 예배로 드려요

사랑의 예수님!
우리들의 예배를 받아주세요.
저희들이 신령과 진정으로 하나님께
드리는 진짜 예배가 되게 해 주세요.
이 시간에 저희들이 진실한 마음의 문을
열고 하나님이 주시는 말씀을 들으려고 해요.
말씀이 잘 들려질 수 있도록 해 주시고
예배 시간에 떠들고 싶거나 장난치고 싶은 마음 없게
하셔서 다른 친구들에게 방해가 되지 않도록 도와주세요.
오늘은 우리 주일 학교 헌신 예배로 드린답니다.
선생님과 저의 주일 학교 학생들의 헌신을
하나님께서 기억해 주세요.
헌신 예배를 통해서 저희들이 더욱더 하나님을 사랑하고
하나님만 바라볼 수 있는 믿음을 가질 수 있도록 도와주세요.
예수님의 이름으로 기도드립니다.
아멘.

야민

고난 주간이예요

사랑의 예수님!
이번 주간은 예수님의 고난을 생각하며
지내야 하는 고난 주간이예요.
나의 죄 때문에
십자가에서 고난 당하신 예수님을
생각하면 너무 감사해요.
예수님이 보여주신 사랑과 은혜를 잘 생각하고
닮아갈 수 있는 한 주간이 되도록 은혜를 주세요.
이제부터는 예수님 뜻대로 예수님만 생각하며
살아가는 사람이 되고 싶어요.
저도 다른 사람들에게 사랑을 더 많이
베풀고 보여주는 사람이 되도록
예수님이 도와주세요.
예수님의 이름으로 기도드립니다.
아멘.

부활 주일이예요

사랑의 예수님!
오늘은 우리에게 정말 기쁜 날이예요.
우리 예수님께서 십자가에 죽으시고
삼 일만에 어두움을 이기시고 부활하신
축제의 날이예요.
예수님, 예수님께서 승리하셔서
저희도 승리의 자녀가 된 참 기쁜 날이지요.
하나님께 영광 돌리는 오늘 하루가
될 수 있도록 해 주세요.
예수님께서 다시 살아나신 것은
정말 놀라운 일이예요.
이 엄청난 사건을 통해 모든 사람들이
예수님을 믿을 수 있도록 도와주세요.
예수님의 이름으로 기도드립니다.
아멘.

기쁜 마음으로 헌금을 해요

사랑의 예수님!
오늘도 예배의 자리에 있도록
도와주셔서 감사드려요.
저는 하나님의 말씀 속에서
오늘도 무럭무럭 자라난답니다.
예배 속에서 은혜 받도록 하신 하나님께
제가 가진 조그마한 것이지만
정말 고마운 마음으로 드려요.
아기 예수님께 귀한 예물을 드리고도
아까워하지 않았던 동방박사들처럼
저희들도 하나님께 기쁜 마음으로
드릴 수 있도록 해 주세요.
하나님께서 기쁘게 받으시는 예물이 될 줄 믿어요.
예수님의 이름으로 기도드립니다.
아멘.

헌금함

생일맞은 친구를 위해 기도해요

사랑의 예수님!
오늘 나의 사랑하는 친구 ㅇㅇ의 생일이예요.
ㅇㅇ가 이 세상에 태어난 기쁜 날이지요.
ㅇㅇ의 생일을 축하해 주시고
내 친구 ㅇㅇ와 함께 해 주셔서
ㅇㅇ가 건강하고 씩씩하고 지혜롭게
잘 자랄 수 있도록 도와주세요.
그래서 ㅇㅇ가 세상 사람들도 칭찬하고
하나님도 칭찬할 수 있는 좋은 사람으로
자랄 수 있게 해 주세요.
오늘 ㅇㅇ가 최고로 행복한 날이 되게 도와주시고
내 친구 ㅇㅇ가 하나님께 감사할 수 있는
날이 되도록 도와주시기를 바래요.
예수님의 이름으로 기도드립니다.
아멘.

주일 예배를 드려요

사랑의 예수님!
오늘은 하나님의 날, 주일이예요.
하나님 자녀인 저희들이 하나님께서
제일 기뻐하시는 예배로 모였어요.
이 시간 하나님께서
받아주시는 예배가 되게 도와주세요.
우리들의 마음의 문이 열리고
찬양 속에서 하나님이 함께 하시는 것을
느낄 수 있도록 해 주시고 장난치고 떠들려고 하는
마음도 하나님께서 지켜주셔서 예배를 방해하는
사람이 한 사람도 없도록 도와주세요.
오늘 예배에 제일 많은 은혜를 받도록
도와주시고 축복의 시간이 되도록 인도해 주세요.
예수님의 이름으로 기도드립니다.
아멘.

분반 공부로 모였어요

사랑의 예수님!
오늘 저희가 하나님 앞에서 예배드리고
분반 공부로 지금 모였어요.
모인 저희들을 예수님께서 기억해 주시고
오늘 저희들에게 예수님의 생명의 말씀이
잘 들려질 수 있도록
우리 마음속에서 응답 주세요.
말씀을 전하시는 선생님에게 힘을 주셔서
저희에게 정말 필요한 말씀을
전해 주실 수 있도록 도와주시고
듣는 저희들도 잘 들을 수 있도록
우리의 귀를 활짝 열어 주세요.
예수님의 이름으로 기도드립니다.
아멘.

스승의 주일이예요

사랑의 예수님!
우리들을 사랑하시는 좋으신
선생님을 만나게 해 주셔서 감사드려요.
선생님께서는 우리들을 위해
기도해 주시고
하나님의 말씀을 우리들에게 잘
가르쳐주셔서 우리들이 바른 길을
갈 수 있도록 도와주세요.
우리 선생님께서 항상 건강하실 수 있도록
하나님이 힘을 주세요.
특히 오늘은 선생님을 위한 날이예요.
우리들이 선생님을 하루 종일
기쁘게 해 드릴 수 있도록 도와주세요.
예수님의 이름으로 기도드립니다.
아멘.

친구가 결석했어요

사랑의 예수님!
예수님이 우리들을 사랑하셔서 예배 속에서
기쁨을 누리도록 인도해 주셔서 정말 감사해요.
그런데 오늘은 결석한 친구들을 위해서
특별히 기도할께요.
하나님께 예배드리면 우리의 마음과 몸과
생각이 참 기쁘고 평안을 누리게 돼요.
하나님이 가장 기뻐하시는 일인데
친구는 계속 예배에 참석하지 못해요.
친구는 예배가 기쁘지 않아서 그럴까요?
예수님, 친구에게도 은혜를 주셔서
우리와 같이 주일날마다 예배의
축복을 꼭 누릴 수 있도록 도와주세요.
예수님의 이름으로 기도드립니다.
아멘.

추수 감사주일이예요

한 해의 농사를 하나님께 감사하는
추수감사절로 예배드리는 날이예요.
우리 가족은 농사를 짓지 않지만 올 한 해의
모든 일 속에 하나님이 함께 해 주시고
우리를 인도해 주신 것에 감사드려요.
오늘은 우리에게 베풀어주신
하나님의 은혜를 진심으로 감사하는
하루가 되게 해 주세요.
그리고 우리의 생활 속에 깨닫지 못했던
보이지 않는 하나님의 은혜를 찾아
감사하게 해 주세요.
하루 종일 하나님께 감사만 하는
생활이 되도록 축복해 주세요.
예수님의 이름으로 기도드립니다.
아멘.

성탄절이예요

사랑의 예수님!
오늘은 예수님께서 우리 모두를 구원해 주시려고
이 땅에 오신 기쁜 날이예요.
하늘엔 영광 땅에는 기뻐하심을 입은 사람에게
평화가 되는 참 기쁨의 날이예요.
세상 사람들은 노는 날인 줄 알고
싼타가 주인인 날인 줄 알지만
우리 하나님의 자녀들은
하나님의 은혜와 예수님의 은혜에
정말 감사할 수 있는 날이 되도록
축복해 주세요.
그래서 하나님을 모르는 사람들이
성탄절의 참 기쁨을 알 수 있도록,
전도할 수 있도록 믿음과 용기를 주세요.
예수님의 이름으로 기도드립니다.
아멘.

사무엘출판사는

2006년 4월 24일, 예수님 만세를 부르며 '하나님 너무 기뻐요', '목사님 너무 기뻐요', '엄마 아빠 너무 기뻐요'를 외치며 하나님 나라에 먼저 간 사무엘(준호)을 기념하여 만든 회사입니다.

그는 7세부터 목사님이 되겠다고 하였으며 항상 복음을 전하겠다고 고백하는 아이였습니다. 골육종이라는 암에 걸려서도 나아서 하나님을 찬양하는 찬양리더로, 간증자로 살겠다고 늘 고백했습니다.

그의 뜻을 기려 난치병이나 어려움에 처한 청소년들을 위하여 헌신하기 위함입니다. 여러분께서 구입한 한 권의 책은 바로 어려운 청소년들을 돕는 길이 될 것입니다.

예수님! 기도드려요

초판 1쇄 2007. 12. 25

- 글 : 박응순
- 그림 : 세븐크로스
- 펴낸 곳: 사무엘출판사
  서울특별시 마포구 망원동 379-41
- 출판등록 제313-2006-000151호(2006년 7월 22일)
- 전화 02) 6401-7004
- 팩스 080) 088-7004

* 잘못된 책은 교환해 드립니다.

값 9,500원